三千代の言動に代助はパニック

漱石を"間取り"で読む 2

「それから」
元カノの
勝負手土産が
香る家

染井元子
Motoko Somei

文芸社

はじめに

――気軽に立ち寄ってください、生活臭のない家です

これから『それから』を読む人のために、主人公・長井代助《ながいだいすけ》の住む家の間取りを紹介したいと思います。

代助が住んでいる戸建《こだ》て住宅には、予備知識として知っておいてもらいたい特徴があります。それは、家全体が、とても立派な造《つく》りになっている上、庭も広く、水道付きの風呂《ふろ》もあるという、全てに恵まれた家だということ。更《さら》にもうひとつあります。それは、父親から生活費を充分に受け取っている代助が、三十歳にして独身なので、この家は正真正銘「男性独身貴族」が暮らしを謳歌《おうか》する家だということです。

他にこの家に住んでいるのは、書生《しょせい》さんとお手伝いのおばあさんだけです。三人しかいないのに部屋数が多いので、例えば座敷や書斎《しょさい》に、ちゃぶ台や箪笥《たんす》など生活感のある家具を置かなくて済むのです。余った部屋に寝間着《ねまき》や下着を脱ぎっぱなしにできるので、人を招き入れる部屋には生活臭が漂わないのです。

座敷には応接セット（ソファやセンターテーブル）と本棚、書斎には机と椅子が置いてあります。縁側にはラタン（藤）のリラックスチェア（ビーチチェアのように背もたれ部分から足を伸ばす部分まである長い椅子）があります。代助は、どの場所からも庭の木々や花を眺めて楽しみます。折《おり》に触れ座敷にも書斎にも、花を活《い》けた水鉢や花瓶《かびん》を置き、見た目と香りの両方を楽しみます。

庭の樹木は、桜、辛夷《こぶし》、石榴《ざくろ》、薔薇《ばら》で、それぞれ花を咲かせます。鉢植えでは、下がり鶏頭《けいとう》、君子蘭《くんしらん》。切り花は、椿、スズラン、百合《ゆり》。これらの花々が代助の暮らしの随所に登場します。常に花に囲まれて暮らす代助は、明治の元祖フラワー男子、ガーデニング男子です。

代助は、自由時間がたっぷりあるから趣味も豊富です。主な趣味は、ガーデニングの他には、読書と歌舞伎《かぶき》観賞と、何と昼寝です。優雅でしょう。香水を部屋に滴らして良い香りに包まれ至福のひとときを得ることさえあります。独身貴族で生活臭の全くしない家。どうでしょうか。この代助の家に気軽に立ち寄って、どの部屋にでも入って、リラックスしてみてください。

しかし、この家に入ったら仕事の話はタブーです。代助は無職なのですから。それを聞いてしまったら、急に帰りたくなったなどと言わないでください。この家で代助が過ごす独身貴族三十歳の春から夏にかけての数か月を、どうぞ御一緒に暮らしてみてください。

目　次

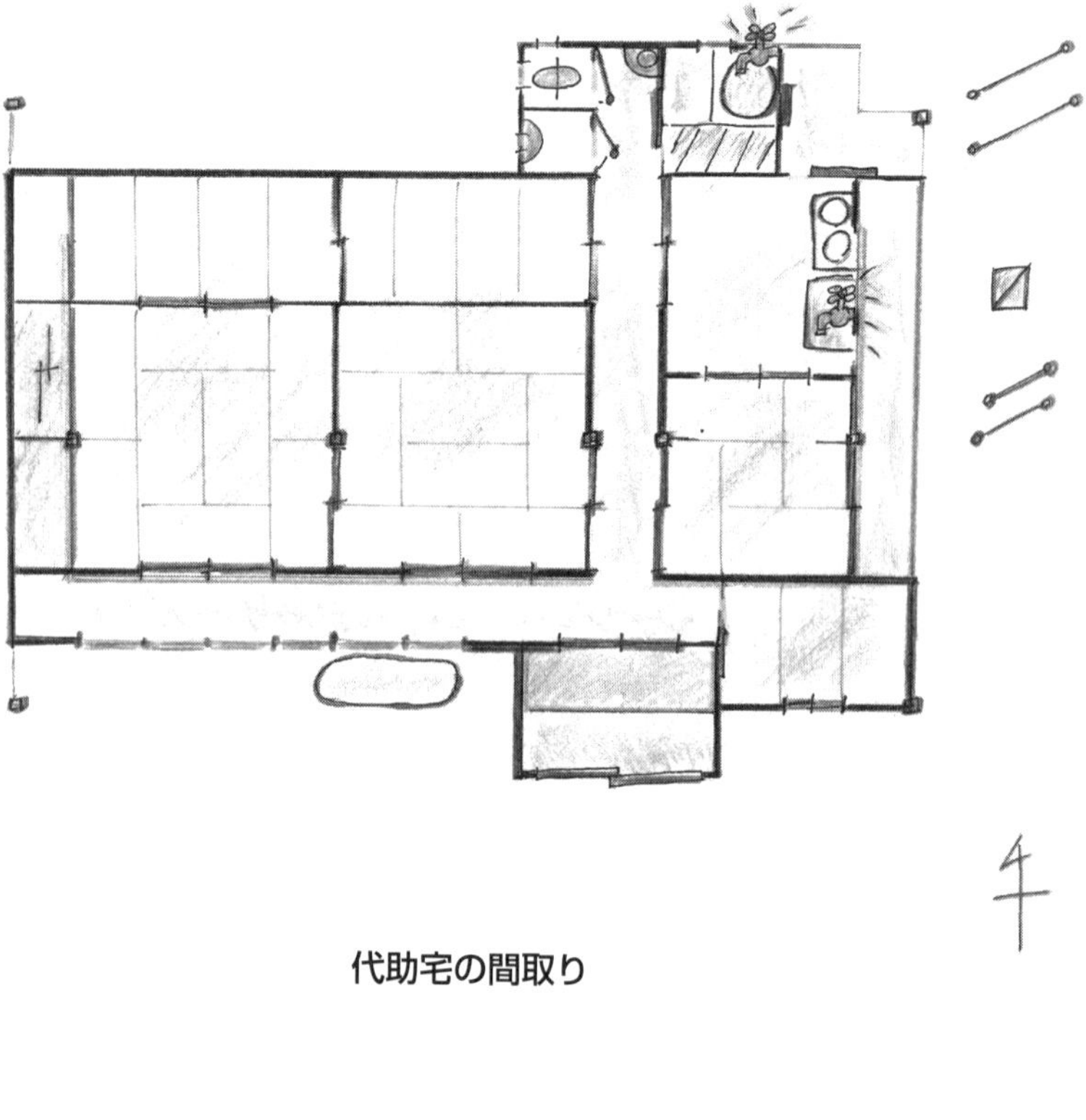

代助宅の間取り

漱石《そうせき》を〝間取《まど》り〟で読む2

～「それから」元カノの勝負手土産《てみやげ》が香る家～

第一章　書斎にて

〜主人公・代助のキッパリ無職まったり日常スペース〜

はじまりは代助が椿の花の香りを感じて目覚める部屋、この家の書斎の描写から。主人公・長井代助は、書斎で穏やかな朝を迎えます。新聞小説連載第一回、めでたくスタート。それなのに、既《すで》に破滅の気配が充満、ジ・エンドの予感九九・九パーセント。なぜなのでしょうか。

読者にとって（明治の読者も現代の私たちにとっても）代助の朝の過ごし方は優雅でうらやましい限りです。代助は、書斎と呼んでいる自分のプライベートルームで寝ています。充分に眠り、自然に目が覚めたら起きるのです。目覚まし時計が鳴ったから起きるのではありません。時間に追われていない証拠です。それなのに、何か良くないことが必ず代助の身に降りかかる前兆を漂わせているのは、椿の花が一輪、布団《ふとん》の枕元に落ちていたせいでしょうか。

床《とこ》の間《ま》に活けられた椿の花。その花が代助の頭の近くの畳《たたみ》の上に落ちています。大きい八重咲《やえざ》きの椿の花。椿の花は少しずつ花びらが散らずに、満開のとき突然に一輪丸ごと落ちるため、縁起《えんぎ》が悪いと言われることもありますが、代助は椿の花と近い位置で一夜を過ごし共に朝を迎えて満ち足りた様子。花の香りに包まれて寝ることが好きな代助。このあともスズランの花束の下で眠る場面があります。

余談ですが、「こころ」の先生も椿の花が好きです。先生が座敷から庭の椿の花を眺めることが好きだというシーンがあります。夏目漱石の小説の主人公の好みはどこか似ている部分があります。漱石の作品を何作か読むと、そういえば、あの話の主人公も同じようなものが好きだった、あの話でも同じような行動をしていたかも、と、思い当たる楽しみがあります。主人公は何人いても、書く人はひとりなのですから、当たり前と言えば当たり前かもしれません。でも、ひとつのエピソードヤネタのようなものが何度か出てきたと気づくと漱石の小説に急に親近感を抱きます。更に、もしかしたら「気に入った発想は一度だけではもったいないから使い回す」というケチな一面もあるのでは、と失礼ながら文豪《ぶんごう》と距離が縮まる気がします。

さて、目覚めた代助ですが、すぐには布団から出ません。布団の中にいて手を伸ばせば今朝の新聞とタバコが揃《そろ》えて置いてあるからです。新聞をザッと読み、タバコを吸い、そのタバコの煙を椿の花に吹きかけるおふざけまでする余裕があります。ようやく布団から出ても、時間に余裕がある優雅な朝のひとときは続きます。代助は風呂場に行き（代助の家には内風呂があります）、念入りに歯磨き、洗顔をし、体を拭《ふ》いて、髭《ひげ》と髪を整えます。そして鏡の中の自分の顔色、肌のつや髪の豊かさ、体の張り、全部をくまなくチェックしたら、今朝も僕かなりイイぞ、と自己満足で締めくくるのですから、本当にハッピーなヒト（笑）です。

代助の家は水道を引いています。台所の流しと風呂場、少なくとも二か所に蛇口《じゃぐち》があります。明治四十年代、水道は東京で一気に普及していきます。興味深いのは、

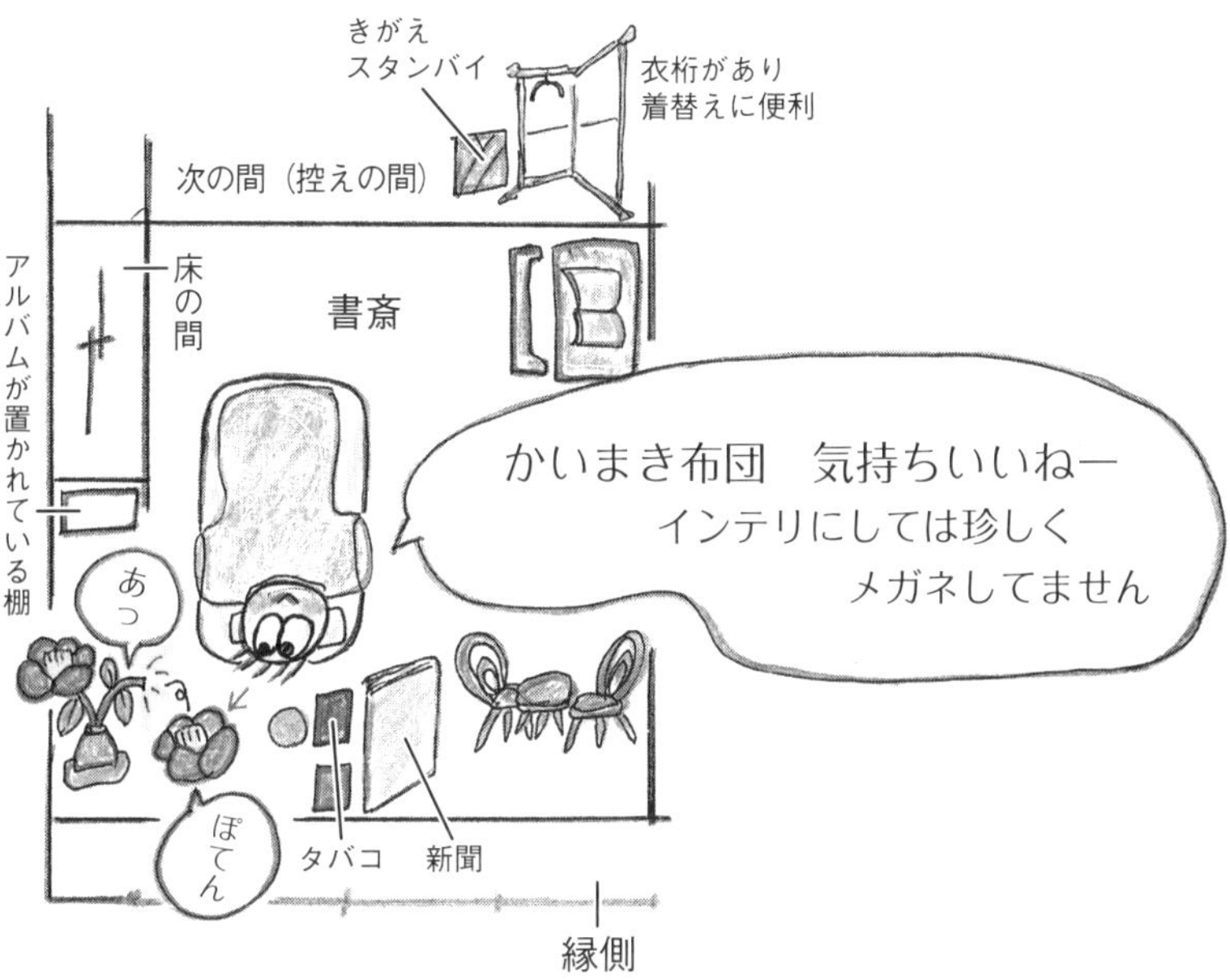
きがえ
スタンバイ
衣桁があり
着替えに便利
次の間（控えの間）
床の間
書斎
アルバムが置かれている棚
かいまき布団　気持ちいいね一
インテリにしては珍しく
メガネしてません
あっ
ぽてん
タバコ
新聞
縁側

代助の朝

水道料金の計算方法です。水の使用量により金額が決まるのではなく、一般家庭では家に何人が住んでいるかで決まりました。四人以下か、五人以上か。この区分だけです。代助の家は、代助とキヨおばあさんと門野《かどの》くんの三人。でも内風呂に水道を使うので軽く四人分の水量は使っているでしょう。どんなに使っても四人以下家庭料金のまま。家族割定額サービスの先取りなんてスゴイ。実際は単に使用量メーターが開発されていなかっただけですが。代助の家は、定額制の恩恵を受けて、まさに湯水のように水道水を使っている便利で清潔な暮らしです。

さて、身支度を終えた代助は、茶の間に移り、バタートーストと紅茶の朝食を味わいます。もちろん、代助が自炊しているわけではありません。住み込みのお手伝いのキヨおばあさんが用意してくれる朝食です。書生の門野くんと雑談をしながら食後のタバコを一服。書生とは、学歴や社会的地位のある人の家に住み込み、家事の手伝いもしつつ、礼儀を学び社会勉強する若い男性のことです。社会に出たとき役に立つリベラル・アーツが身に付くよう考えられた慣習です。

書生の門野くんは、この話の最後まで大切な場面に常に登場する第二の主役の働きをしてくれます。門野くんは、代助が「郵便物があったか」と聞くとすぐに、既に書斎の机の上に置いておいた郵便物をわざわざ代助の手元に持ってきてくれます。電話はまだ引いていない代助の家。門野くんは電話をかける用事も快く引き受けて出掛けてくれます。門野くんのフットワークの軽快さ、性格の無邪気《むじゃき》さ、深刻な新聞記事も面白がる気楽さ。最高のムードメーカーです。

実は代助は、門野くんのことを「牛の脳みそが頭に詰まっている」青年だ、と批評します。ヒドすぎるでしょう。でも本当の門野くんは、気配り上手で、天然のように見えてもデリケートで、場の雰囲気を明るくする努力をしてくれる素晴らしい長所があることに読者は気づくことでしょう。（私は、門野くんがキヨおばあさんに親切な優しいところも好きです）

何か悪いことが起こる予感と対照的な、門野くんの上機嫌。早くも門野くんが、代助のかげりを吹き飛ばす役目をこなしています。

門野くんに電話の用を頼むと、代助は茶の間を出て、座敷を通り抜け書斎に戻ります。寝室に使っていた部屋は、お手伝いのおばあさんが布団を片付け、椿の花の残骸も捨てて掃除が奇麗に済んでいます。これで部屋から寝ていた痕跡《こんせき》が消えて、見事に清潔な書斎へ変わります。立派な書斎机と椅子を備えた、誰が来ても大丈夫な書斎、ひとりで過ごすにしても快適な書斎になっているのです。

恵まれた暮らしでしょう。代助には、学歴も健康な体も自己満足している容貌《ようぼう》もあります。経済的に余裕がある家族がいます。その家族がお金を出してくれるので、こんなにも余裕のある暮らしができるのです。

季節は春、「持っている」男、代助。それなのに、ひとり書斎で一枚の写真を手に取る代助に、とんでもない不幸が襲う予感がまた湧《わ》いてきて身震《みぶる》いが止まりません。

代助が手にした写真にはひとりの若い女性。そのことだけで、ただの予感だった不幸が現実味を帯び、今の代助の恵まれた生活が灰燼《かいじん》に帰《き》す瞬間が、もう待てなくなります。苦悩し絶望するであろう代助を見ることは鳥肌が立つほど恐ろしく、見たくない、見てはならないからこそ、見ておかなくては、という誘惑は抑えられません。

代助の親友・平岡《ひらおか》。ヒロイン三千代《みちよ》。この二人の登場を待たずして、早くも代助の独身貴族生活が終焉《しゅうえん》を迎えたのちの「それから」を妄想《もうそう》することが止まりません。書斎に代助ひとりが居るだけで、全速力でこの話は展開していきます。

この書斎は破滅感が度を越してきたし、後で書斎での出来事として本当のヤマ場がありますから、いったん書斎を出て、次は、冷静に過ごせる部屋（冷静でいられないときもありますが）である座敷（応接間・客間）にご案内しましょう。

❖門野くんの明治四十二年①「新聞読者へのサービス精神たっぷりですよ」

どうも。門野です。二十四歳です。書生、はじめました。長井代助先生の書生です。その代助先生から「頭の中に牛の脳味噌《のうみそ》が詰まっている青年」と、手厳しい評価をされています。ただ僕はお人好《ひとよ》しなのか、こんなにもひどい烙印《らくいん》を押されても、モラハラだなんて思いません。代助先生を尊敬して日々まめに先生の生活全般を支えています。

書生とは、立派な大人の男性から一生役立つ教養を学ぶという、まさに人生のインターンシップですね。代助先生は、学歴も高く、ガーデニングや読書などの趣味も、紅茶とパンの朝食というライフスタイルも、全て格好よくて、僕は先生の書生になれたことを心から幸福だと思っています。

僕は玄関脇《げんかんわき》の三畳の部屋で寝起きしています。入り口は障子《しょうじ》なので音が筒抜《つつぬ》け。門の近くや玄関の格子戸《こうしど》のあたりで来客の物音がしたらすぐに取り次ぎに出ます。僕のこのフットワークの良さは、お手伝いのキヨおばあさんに気に入ってもらっています。自分で言うのもあつかましいかもしれませんが、僕は人間関係でモメたことがない、人付き合いの良い男なのです。（カラー口絵参照）

代助先生は相当ナルシストであるだけに、今後、世間を渡っていくのは僕よりかなり大変なのではないでしょうか。代助先生は、どうやら恋に対しても、てこずりまくっているようですよ。

ところで、代助先生が過度にデリケートな明治四十二年（一九〇九年）を過ごしている分、僕がサバサバと明治四十二年の出来事や先生の身の回りに起こったことを何回か紹介したいと思います。

まずは、漱石先生の新聞読者に対するサービス精神から。

「それから」では、代助先生が新聞を読む場面が何度か出てきます。新聞の内容は先生と僕との会話という形で紹介されます。

例えば「学校騒動」のような世相や「煤烟《ばいえん》」という小説について先生と僕は話すのですが、実際に起こった事が新聞小説にも出てくるとなると、新聞小説は新聞連載中から読んだほうが他の紙面と併《あわ》せて楽しめて一層おもしろくなりますよ、というような読者サービスになっていると思います。

「煤烟」の作者は、夏目漱石先生の弟子の森田草平さんです。森田草平さんが平塚明子（平塚らいちょう）さんとの心中未遂事件を小説にしたものです。衝撃的な事件の内実を、森田草平さんはすかさず小説に。平塚明子さんも「青踏《せいとう》」を主宰して有名になります。お二人は、したたかですね。

「学校騒動」は帝国大学と東京商科大学（今の一橋大学）とのいざこざなので、関心のない読者も多かったかもしれませんが、森田&平塚心中未遂事件は、さぞ世間の興味を引いたことでしょう。賛否両論の中、「それから」の連載で「煤烟」を話題にすることは危険を伴いそうです。現代なら「代助と三千代も心中しろ！」とネットで炎上しかねません。当時でも「連載ヤメロ」の葉書が届く虞《おそ》れがありそうですが、「煤烟」を次の連載小説の「それから」で触れて、漱石先生は弟子の小説の宣伝をしてくれています。弟子のデビューに花を添えつつ、読者サービスとしても効果抜群ですね。

第二章　座敷にて

〜親友・平岡が背広姿で訪ねてきます〜

　代助が住んでいる家は牛込区東五軒町にあります。東五軒町は、小石川区と江戸川を挟《はさ》んで西の方角です。江戸川が「大曲《おおまがり》」という名前そのままに大きくカーブしているあたりの南側。小日向馬場《こびなたばば》や小日向築地《つきじ》の地名からして高台です。明治四十年の地図を見ると、旗本屋敷が多かったころの名残《なごり》を留めるように、区画が美しく整っていて、環境の良い住宅街だという印象を受けます。それでいて、近くの赤《あか》城明神《ぎみょうじん》や毘沙門天《びしゃもんてん》の周囲は門前町として商店が多く、洋食の店まであるようです。

　代助は、慣れた様子で近くの西洋料理の店に平岡を連れて行くことから、門前町の賑《にぎ》わいが察せられます。賑やかな神楽坂《かぐらざか》を下れば、程なく電車の停留所に着き、交通の便も文句なしです。

代助は、電車好きで頻繁《ひんぱん》に電車に乗ります。神楽坂下停留所で降りて、神楽坂をぶらぶらのぼって築土《つくど》八幡《はちまん》あたりを右折して家に帰ることもあれば、飯田橋停留所（両方とも路面電車の外堀線です）で降りて、江戸川の土手に沿った道を大曲近くまで行き左折することもあります。

そんな五軒町の一角にある代助の家。庭の桜に春の日が差すころ、門のあたりに人力車《じんりきしゃ》が止まる音と懐かしい声が響きます。平岡常次郎が来ました。代助の中学時代からの親友・平岡との三年ぶりの再会。その直前、代助は書斎でアルバムを広げて三千代の写真を眺めていました。写真を見なくても、代助は三千代のことだけを考えて過ごすことが頻繁にあります。三千代のことを「奥さん」と呼んだことはない、「三千代さん」と名前で呼んできた、今もそう呼んでいる……だの、三千代の顔を思い出そうとすると、まず黒い目のあたりが浮かんでくる……だのと、三千代への特別な感情を思い切れていない自分に酔っていました。三千代のほうの胸のうちは全く分からないのに、代助は三千代をいとおしく思い続けているのです。もう三千代は三年前に平岡と結婚したのに。結婚のときは代助が平岡に頼まれて二人の仲を取り持ったのに。

平岡からの葉書を読んだにもかかわらず、実は三千代への思いにひたっていた代助。さすがに実際に平岡の声を耳にするやいなや、我にかえります。

平岡の声は学生時代と変わっていなくて、代助も学生に戻ったように書斎を飛び出し、廊下《ろうか》を走って玄関まで出向いて平岡を歓迎します。平岡が式台《しきだい》に腰をおろして靴を脱ぎ終わることさえ待てません。思わず平岡の手を取ります。再会の喜びを全身で表す代助が旧友・平岡を通したのは、座敷でした。座敷は玄関から一番近い応接間です。平岡が代助の五軒町の家に来るのは初めてですし、三年ぶりに会う平岡への敬意も込めて、平岡を座敷に上げるのは自然なことでした。

平岡はとりあえず旅館のようなところに寝泊まりしているからなのか、汽車で帰京したときの旅装のままのような背広姿。背広を着ている平岡と、改めて座敷で向き合ってみると、代助のほうも、どこかよそゆきのような気持ちが懐かしさに水を差し、話が弾《はず》まなくなってしまいます。葉巻を勧めたり世間話をしたり。気分を変えるために、座敷を出て、近くの洋食店に流れてしまいます。庭に下りることもなく。書斎のほうに移ってあぐらをかいてリラックスすることもなく。お互い懐かしい気持ちは確かです。でも肩肘を張っているような平岡。そんな平岡に対して無防備ではいられない代助。どこか物足りなく思えてしまう初めての訪問の終わりかたです。

考えてみれば、単純に再会を喜んでいられない状況の平岡。平岡は銀行に勤め関西に行っていましたが、その仕事が上手《うま》くいかず銀行を辞めて帰京したのです。そのことは平岡が代助に顛末《てんまつ》を話しました。けれども、せっかくの再会なのに調子のかみ合わなかった理由は他にありそうです。

代助と平岡は中学から同じ学校だったという説明があります。ということは、平岡も東京の人だということになります。大学を卒業する年には頻繁にお互いの住まいを行き来していた二人。実際、青山にある代助の本家に平岡が来ていたからでしょう、代助の父親は平岡のことを知っています。よく来ていた友人だと記憶しています。でも、代助が平岡の家に行った記述はありません。学生のころのことですから下宿住まいでも不思議ではないのですが、平岡の実家については何も触れられていません。恵まれた家庭環境にいる代助と対照的に、平岡は、東京で再起をはかろうと戻ってきたものの、頼れる親兄弟、頼れる実家がなさそうです。

背広姿で明るい声を出してやってきた平岡の、孤独も不安も隠している一面が見え隠れします。代助は、平岡のそんな陰りを察することが全くできませんでした。学生時代には確かに親友でいられた代助と平岡は、社会人となった今後は、どんな間柄になっていくのでしょう。平岡が堅苦《かたくる》しい背広なんか脱いで代助の書斎で昼寝でもする日は来るでしょうか。

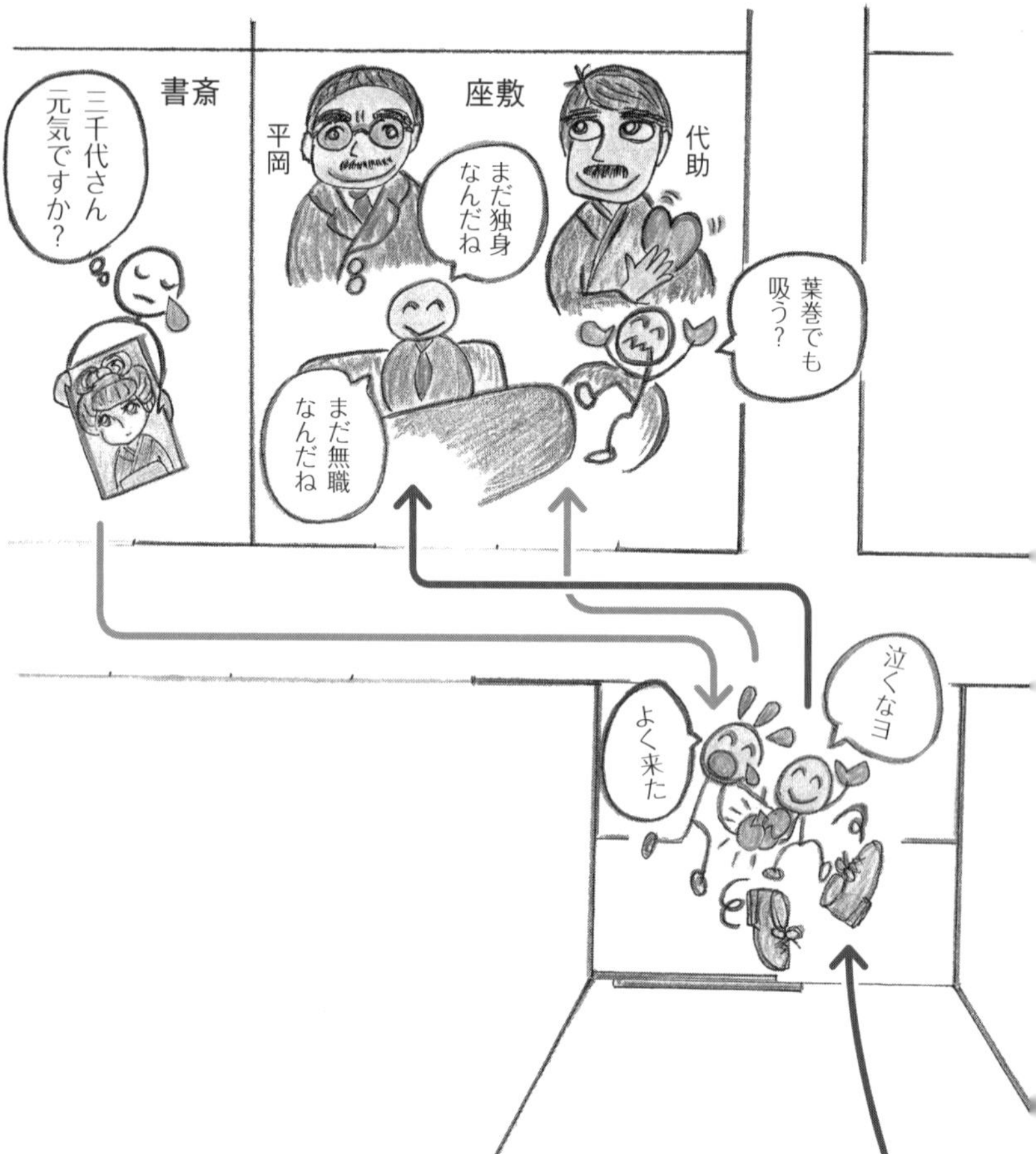

代助、座敷で平岡と再会

第三章　座敷にて

～元カノ度七十パーセントの三千代、一度目の訪問は応接間～

代助は、平岡と三千代夫婦に会うため二人が泊まっている旅館へ行きます。二人の部屋の入り口まで来るやいなや、代助はショッキングな場面に遭遇《そうぐう》してしまいます。平岡が三千代を叱《しか》りつけていたのです。平岡から、三千代は体調が良くないと聞いていたところに、更に夫婦仲の不調まで代助は知ってしまいました。職探しで慌《あわ》ただしい平岡だから……という事情を差し引いても、代助は「今の三千代さんは幸せではない！」と直感します。

代助は三千代の境遇が幸福か不幸かに対して敏感です。出会ったころから代助の胸の中で三千代は特別な存在で、今も変わらず三千代の身の上を案じていることが伝わってきます。

　そもそも三千代は代助の大学時代の友人の妹です。五年ほど前、友人は妹の三千代を故郷から呼び寄せ、そのときから三人で話をする間柄でした。兄公認の「挨拶《あいさつ》以上の話をして差《さ》し支《つか》えない仲」だった代助と三千代。その関係は、婚約とか改まった決め事はなかったため、友人が亡くなると扇《おうぎ》の要《かなめ》が壊れたように消えかかります。しかし完全に自然消滅する前に、ちゃっかりお喋《しゃべ》り仲間に加わっていた平岡に、代助はうっかり三千代との結婚を譲《ゆず》ってしまいました。それから三年。思えばもう五年以上も、代助は三千代に何も告白しないまま恋わずらい状態です。かなり長い恋わずらい歴です。でも言葉に出して気持ちを伝えたことはありません。代助の頭の中だけの元カノです。リアリティがないので、元カノ度は七十パーセント、といったところです。

　脳内元カノの三千代の青白い顔色に心を痛める代助。そんな代助は、平岡と三千代夫婦が関西で苦楽を共にした三年間の重みには考えが至りません。ただ夫婦不仲の場面を一度見た程度で、代助は、三千代が自分を頼ってくる、自分が三千代を苦しみから救うのだ……と、だんだん前のめりになっていきます。

それでもまだ三千代の元カノ度は七十パーセント。代助は平岡にも三千代にも、踏み込んだことは何も言えずモヤモヤしているだけなのですから――まだ、今は。

代助は、三千代のほうから来てくれることを身構えて待っています。そんな代助の願いが届いたのか、平岡が来るはずのところ、三千代がやってきます。三千代、代助の家への初めての訪問です。

代助は三千代の訪問は大歓迎ですが、実は書生の門野くんは相当驚きました。また平岡さんが来るんだな……と思っていたら、意外なことに奥さんのほうが来たのです。よその奥さんがひとりで独身の代助先生の家に来ていいのだろうか、旦那《だんな》さんの平岡さんは知っていることなのだろうか、と気を揉《も》みます。

とにかく門野くんは三千代を座敷に通します。応接間ですから無難ですね。代助は黙って三千代のあと座敷に入ります。二人とも落ち着いた様子。門野くんは、これはこれでいいのかなあと下がりますが、当然、二人のいる座敷の障子は開けておきます。縁側のガラス戸から日が明るく差し込むように。そして書生部屋の入り口の障子も開けておきます。そのまま二人の様子を窺《うかが》えるように。

でも、門野くんの心配は杞憂《きゆう》です。三千代は淡々とした態度です。代助が「ごちそうしましょう」なんて言っても「そんな時間ないの」とアッサリ。三千代にとって、今は、目の前の代助はただの相談相手です。しかも、金を工面《くめん》してほしいという相談です。身も蓋《ふた》もない、元カレ度ゼロパーセント相手への相談なのです。

代助のことを元カレとなど思っていないけれど、三千代は、代助が自分のことを元カノだと幻想を抱いてうぬぼれていることを知っています。旅館での平岡と三千代の夫婦不仲の場面で、代助が激しく動揺するのを見て、三千代は代助の好意を確信しましたから。それで三千代は夫である平岡と一緒に代助の家に行かない戦術に出ました。代助の前では、三千代は昔の三千代のままだ……という代助の思い込みを壊さないように。

三千代は、代助が自分の目元が好きだったと思い出したので、簡単にまなざしを向けてあげないことにしました。うつむいたり横を向いたり。でも、不意打ちで、三千代は瞳を凝《こ》らして勝負目線でしっかり代助を見つめます。見つめるときに三千代のまつ毛がそっと震えることも、お忘れなく。

一回目の訪問のとき、勝負手土産は持ってきていない三千代。最初は勝負目線だけで充分でした。代助は、三千代のこの目ヂカラにすっかり骨抜き。三千代の金歯さえ可愛《かわい》いと思えてしまいます。

ここは代助は、三千代の相談相手という立場だけで満足だと心に言い聞かせて我慢するしかありません。お疲れさまでした。

三千代も一回目の訪問は座敷

❖門野くんの明治四十二年② 「まだ恋を知らない僕（門野）には目の毒です」

どうもどうも。門野です。代助先生が夢中になっている平岡さんの奥さんのことですが。あ、代助先生は、三千代さんと呼ぶことにこだわりを持っていたのでしたね。その三千代さんですけれど、二十四歳独身の僕には、三千代さんが初めからひとりで代助先生を訪ねてきたことは衝撃的でした。

いくら以前からの知り合いとはいえ、三千代さんは人妻です。人妻が、独身でひとり暮らしの代助先生の家に来たのです。大胆です。事実は「煤烟」のような小説よりも発展的で、目の毒です。

とはいえ僕は丁寧《ていねい》な態度で三千代さんを座敷に通しました。牛の脳みその僕でも常識はありますよ。

実は僕からすると、三千代さんがそれほど魅力的な女性だとは思えないのです。

代助先生と向かい合って座った三千代さんは、確かに慎ましやかで美しい女性だと思いましたが、静かな自信を隠している気配も感じました。その自信は平岡さんから代助先生の近況を聞いたことから生まれました。代助は良い家に住んでいて、普段の生活にもお金をかけていたよ、そして独身だよ、三千代の体調を気遣っていたよ、と聞いたのでしょう。それで三千代さんの脳内に「しめた！」という電灯が明るく光ったのでしょう。だから初めての訪問なのに落ち着いた様子で来たのですよ。僕からすると、三千代さんは、図太い元カノですよ。

僕のカンは当たっていました。漏《も》れ聞こえた話からすると、三千代さんは代助先生にお金を借りに来たのです。三年ぶりの対面の理由はそれでしたか。懐かしくて来た部分は五パーセントくらいですね。厚かましすぎる元カノです。代助先生は、やったあ！　頼られている僕！　と舞い上がっていますが、無理を言いやすい相手だと甘く見られているだけです。少しは怪訝《けげん》に思ってくださいよ。

だから平岡さんと三千代さんの引っ越しの日に、僕は改めて三千代さんを見張ることにしました。でもいくら注視しても、三千代さんはボーッと突っ立っているだけで何ともつかみどころのない人です。

代助先生に、平岡さんの奥さんはボンヤリしていましたねえと言うと、体調が悪いせいだよ、と三千代さんに甘いのです。先生は、顔色が悪い系、孤独《こどく》を背負っている雰囲気系の美人が好きなのでしょうか。インテリの好みは僕にはまるで理解できません。

しかし、ひとつ確かに僕と代助先生の意見が合うことがあります。それは、三千代さんは必ずまたやってくる、ひとりでやってくる、ということです。

僕は、次の三千代さんの来訪は、今回よりも充分覚悟しておかなくては、と肝《きも》に銘《めい》じました。代助先生は、三千代さんから新たな無理難題を言われて、今以上に頼られている快感と切ない気分になお一層陶酔《とうすい》することでしょうからね。

代助先生は全く隙《すき》だらけです。三千代さんの思う壺《つぼ》に代助先生は確実にはまっていきます。三千代さんは、代助先生の隙を突くような次の手を打つ準備を、今ごろ、冷静に進めているかもしれません。困ったことになりました。

第四章　書斎にて

～三千代、勝負手土産を持参して二度目の訪問～
――プライベートスペースである書斎に三千代を入れてしまう代助――

代助の家に、三千代が初めての訪問をした後日、夏の背広をピシッと決めた平岡が再びやってきます。そのときも代助と平岡は座敷で話すのですが、服装だけ立派にしていても相変わらず職探し中の平岡は他人行儀で、会話は弾みません。余計に二人の間に隔《へだ》たりができてしまったと代助は受け止めます。

平岡は、代助から三千代がお金を借りたことに礼を言うものの、どこか上《うわ》の空《そら》のような口調でした。そして平岡は、三千代が本当のお礼を言いに来るだろうとも言いました。代助は、平岡夫婦の不協力をますます不審に思いつつも、夫婦仲が悪いのかなんて平岡に聞けるはずもありません。

代助が平岡を玄関まで見送り、立っていると、門野くんが「平岡さんはハイカラですな」と話しかけます。無邪気な感想のようでも、平岡が貧弱な貸家に住んでいながら外見は紳士を気取っている点をグサリと指摘。代助も平岡が服装ばかり立派にしていると思っていたところでしたが「最近はあんなものさ」と平岡を擁護《ようご》します。

一方で三千代に対しては心配が募ります。三千代が借りていった金が生活費や薬代に回せたのかどうか不安になり、代助は三千代の二度目の訪問を待ち焦《こ》がれます。代助がスズランの花を水鉢に活けて昼寝をしていた午後、三千代がやってきます。代助の家への二度目の訪問です。

三千代が来たとき、ちょうどお手伝いのキヨおばあさんは買い物に出ていて、家には代助と門野くんだけでした。門野くんは三千代が式台から廊下に上がると、お茶を淹《い》れるため台所に向かいます。三千代は当然、座敷に入るものだと思ったのです。でも門野くんがいない間に代助が目で合図すると、三千代は縁側を通ってごく

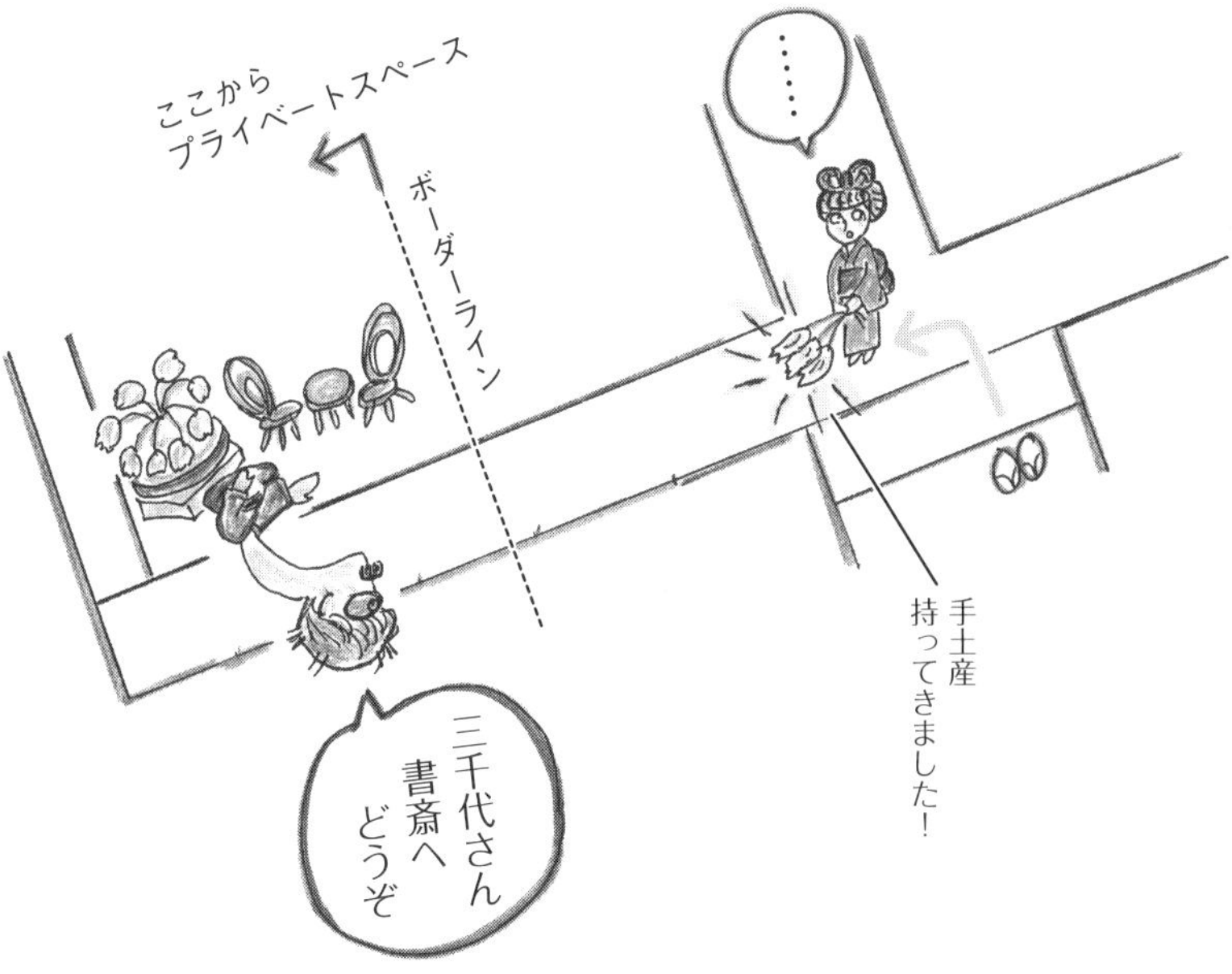

三千代、勝負手土産を手に二度目の訪問

すんなりと代助のプライベートルームである書斎に入ってしまいました。

　三千代は肩で息をして苦しいと言います。水を飲みたがる三千代のために急いで水を取りに台所へ向かいます。日ごろの気取りぶりはどこへやら、代助は「水！　門野くん、水だよ！」と狼狽《ろうばい》も隠さず台所へ走っていきます。

　代助が台所へ入るのは初めてかもしれません。いつも代助が食事をする茶の間の隣が台所ですが、代助が茶の間に入って座るやいなや、キヨおばあさんか門野くんが紅茶や食事を台所から運んでくれるので、たとえ隣の部屋でも台所には入る用がないのです。

　台所は、流しに水道が通り、七輪《しちりん》もガス七輪という整ったインフラ。ガスは明治四十年代には急速に普及し、用途は、最初の明かりを取ること（ガス燈が有名）から、暖房や（ガスストーブ）加熱調理（ガス七輪、ガス竈《かまど》、ガストースター）など、家庭の台所を大きく変化させました。代助の家の台所は水道・ガスの設備に加えて、板張りの床《ゆか》に、作業台と食器棚が揃っていて、近代的キッチンとして申し分ありま

三千代、代助を動揺させる

せん。
キヨおばあさんに感謝されるくらい風呂炊きから雨戸の開《あ》け閉《た》てまで器用に家事をしてくれる門野くんも、どうやら台所には不案内。コップさえ見つけられません。代助は仕方なく湯呑みにあふれんばかりに水道水を淹れて、ぽたぽたこぼしながら急ぎ足で書斎に戻ります。（明治三十一年に淀橋浄水場――今は西新宿高層ビル街になっている――が完成して、東京中心部への水道供給が安定します）
門野くんは、三千代のために鬼気《きき》迫る形相で「焦《あせ》って走る」「キヨおばあさんの不在に文句を言う」「あり合わせの湯飲み茶碗を使う」という代助らしからぬ態度に、すっかり腰が引けてしまいました。キヨおばあさんが買い物から帰り、茶菓子の用意ができても、書斎に持っていくことをつい遠慮してしまいます。
書斎で話し込む代助と三千代は、何か深刻そうな話をしています。もしかすると「煤烟」のように心中する話か？ ……と、門野くんは心配して、耳をすませて二人の会話を聞いていました。しかし、金を返すだの返さなくていいだのという、そんな方向の話が聞こえたので、金の問題で話し込んでいるならいいか（よくもないけれど）と、代助と三千代が二人きりで話すひとときの邪魔《じゃま》はしませんでした。

ほっとした門野くんがボンヤリしているうちに、書斎で代助と三千代の親密さが増していきます。三千代の微笑みに静かに主導権を握られる代助です。（カラー口絵参照）

門野くんが二人の面会の途中で書斎に来たのは、唯一、雨が激しくなってきたため縁側のガラス戸を閉めるときでした。ガラス戸が閉められると、いくら障子が開いていても、三千代が持ってきた百合の花の香りが一層強く代助を包みます。そして百合の花の香りは、二度と門野くんが二人に近寄れない境界線を作りました。書斎は、スズランの香りと百合の香りと雨の程よい湿度に包まれた小さな桃源郷《とうげんきょう》になりました。この百合の花こそ、三千代の勝負手土産です。

この白百合はマドンナリリーという品種だと思われます。日本名は庭白百合《にわしろゆり》。香りが良く、名前が可憐《かれん》ですから、手土産としてイチオシです。他に白百合はテッポウユリがありますが、三千代には勇ましい名前すぎるかも。

三千代が代助を訪問するのは二度目ですが、最初は応接間に入りお金を借りて、二回目は書斎でお金を返せなくなったことの言い訳をします。二度とも金策です。とはいえ三千代は金銭問題だけではなく、結婚そのものにも疲れて不健康になってしまった姿をあえて代助に隠しません。三千代の言動には、金を無心する意図だけでなく「今の苦しさ寂しさから私を救ってちょうだい」というアピールがあります。三千代は一度目はどちらかというと冷たく代助に接していたのに、どうして積極的になってきたのでしょうか。

つまり三千代は「華麗なるギャツビー」の読みすぎのような（笑）ギャツビー症候群におちいってしまったヒロインなのです。

夫の無遠慮な態度や大声が鼻についたころ（平岡に言わせれば「家庭も余りくださったものでもない（ありがたがるほど幸せなものじゃない）」と平岡に思わせるほど三千代は家では無愛想《ぶあいそう》です）、元カレ代助がどうやら未《いま》だ独身でお金に困らない生活をしているらしいからと、一度のぞいてみます。すると元カレ代助の家は、オシャレな家具と、縁側の最先端のガラス戸が美しい、女性のあこがれそのままの生活感のない雰囲気。インフラも整っていることも水道水を淹れてきたくれたので分かります。三千代にとって代助は、若々しくて金持ちで元カノに優しいギャッツビーに昇格したのです。

まあ代助は毎日の朝の身だしなみに時間をかけていますから、多少は若々しく見えるかもしれません。でも昼寝が趣味だから肌がツヤツヤしているだけです。そのことに三千代は考え至りません。ギャッツビー症候群も重症ですね。重症になった三千代だからこそ、代助の恋ごころを再燃させるため、百合の花を勝負手土産にする策略を無意識のうちに考えついたのです。

三千代の勝負手土産は代助をしっかりと引きつけます。勝負手土産は高価なものでなくていいのです。百合の花を三朶《だ》、それだけでいいのです。インスタ映えもしますし、病気お見舞いではないので強い香りでかまわないのです。

代助、手土産に気づく

三千代は自分から「これは貴方への御土産です」とは言いません。代助が「僕にくれたのか」と気づくまで、苦しそうに呼吸をしたり、いきなり泣いたり、黙り込んだり、好き勝手にする三千代。天然すぎる三千代。そんな三千代の勝負手土産は、無敵の恋愛達成力を発揮します。

勝負はもうひとつあったことも忘れてはなりません。三千代は「銀杏返《いちょうがえ》し」という髪形で二回目の訪問をします。この髪形は、三千代が代助と初めて会ったころの思い出の髪形です。つまり、髪形も勝負髪形だったわけです。三千代は勝負しすぎでしょうか。

付け加えになりますが、三千代が帰るとき、代助は寒くなってきたからと、自分の羽織を三千代に掛けてあげようとします。三千代は断りますが微笑《ほほえ》みます。こういうことをする代助のほうも、ギャッツビー気取り。三千代のギャッツビー症候群が悪化しても仕方ないと言えますね。

おーし。
ミッション
大成功
書斎
座敷
勝負手土産
効き目
ありすぎ？
そうだ
昔に帰ろう
キヨおばあさん
買い物のため
不在
もう出番のないお茶
代助の
ハートバリア
もや
もや
まさか
奥の部屋に
入れちゃうなんて

心が落ち着く二人

❖門野くんの明治四十二年③「いわゆる壁ドンをするから何事かと思えば」

代助先生の三千代さんへの恋ごころは急速に重症化していきました。最強の元カノ能力全開の三千代さんに先生が骨抜き状態なのは、牛の頭の僕にも明白でした。三千代さんの顔色の悪ささえ、溌剌《はつらつ》としていたときより今の不健康な三千代さんのほうが美しいと受け止めます。三千代さんの金歯さえ昔のままでカワイイ。下を向くとオデコ辺りの髪の生え際がカワイイ。じっと見つめてくる瞳も更にカワイイ。もう好きなだけノロケてください、と思って放っておいたのです。

でも牛頭の僕でもだんだん先生が心配になってきました。先生がヤケ酒を飲んで帰ってくることが増えたのです。やけビールのときもあります。先生は平岡さんに、三千代さんのために早く帰宅してやれと言いましたが、実際に平岡さんが自宅に居る気配を感じ取ると、必ずヤケ呑みして帰るのです。

平岡さんが帰宅したかどうかが、なぜ分かるかって？

なんと代助先生は、三千代さんの家の周囲を何度もうろついていたのです。そして塀に近づき、そっと中の様子を窺います。五年も辛抱強く我慢した反動か、募る恋ごころは先生をストーカー的な行動にまで駆り立てました。防犯カメラのない時代で本当に助かりましたよ。

先生自身はストーカーをしている自覚はなく、もちろん大義名分がある行動です。三千代さんが生活費に困っていないか心配だから様子を見に行くのだ、という理由です。でも余りに頻繁なのでストーカーそのものなのです。

更によくないことに、先生は夕方から夜九時ごろに三千代さんの家に行くのです。三千代さんが風呂屋から帰ったばかりのときもありました。三千代さんは、風呂上がりの簡単な浴衣《ゆかた》姿。さっとまとめた髪。そんな無防備な三千代さんに、先生はお金を渡します。

先生は旅行に行こうかと支度をしていたところだったので、財布に紙幣を五枚ほど持っていました。一円札を五枚（現在の価値でいうと一円は一万五千円くらいですから、全部で七万五千円ほどでしょうか）、先生は財布から出しますが、三千代さんがなかなか受け取らないので壁まで三千代さんを追い詰めて、三千代さんの視線と合うよう膝《ひざ》を折り曲げてまで、お互いの顔を近づけています。そして代助先生は遂に「紙幣ドン」をするのです。「紙幣ドン」。これをする代助先生は幸せかもしれませんが、ドンされるほうの三千代さんは「壁ドン」より恥ずかしかったことでしょう。三千代さんは顔を赤くして紙幣を帯に挟みました。

先生はこの「紙幣ドン」をした帰り、とても愉快な気持ちになります。先日の金の貸し借りは平岡も知っていることでしたが、今回の「紙幣ドン」は、代助先生と三千代さんだけの秘密ですから。

二人の間だけの秘密となった「紙幣ドン」。代助先生は、即効性のある方法として三千代さんの生活の役に立てた「紙幣ドン」が、この世で一番素晴らしい行為だったと満足だったのでしょう。星がきれいに見えた、とブツブツ言いながら帰ってきましたよ。こういう夜は酒なんか呑まずに帰ってきます。でも、シラフなのに代助先生は、愛の炎が見えたと独りごとを言うし、部屋に香水を振りまいて寝るし、恋まっしぐらの代助先生に僕はトリハダが立ちました。

第五章　代助のほうから初めて三千代を招き入れた部屋は

〜成り行き上、門野くんの判断に従う二人〜

いよいよ代助は三千代に愛を打ち明ける決心をします。告白する場所は自宅。代助は初めて自分から申し出て三千代を自宅に招きます。

こだわり屋の代助。愛の告白のため、二人の話の邪魔になりそうなタネの排除と、自宅の演出の準備を念入りに行います。邪魔者はこのとき、代助の実家からの呼び出しと平岡の訪問。電話をうまく使って邪魔者を牽制《けんせい》します。まず実家に電話をかけて「明日行きます」と先手を打ち、平岡のほうは勤務先の新聞社に電話をします。そして平岡が出社していることを確認します。普段は門野くんに電話をかけて行ってもらうのですが（代助の家には電話は引いていません、青山の実家は家電完備です）、今回は頼みにくい内容です。

　次は自宅の演出です。これはやはり代助と三千代の思い出の百合の花でしょう。代助は百合の花をひと抱《かか》えも買います。帰宅すると全部の百合を活けて、座敷から書斎から縁側まで百合の香りをあふれさせます。準備万端。門野くんに三千代への呼び出しの手紙を託《たく》し、ぜひ人力車に乗せて連れて来るよう言いつけます。今の時代なら、固定電話のコンセントを抜き、ワイファイもインターホンもオフに。雨で外界から遮断されたような部屋、花の香りがむせかえる空間。そんなにも用意周到な家に、果たして三千代は入っていけるものでしょうか。

　やはり三千代は、ただごとではない家の雰囲気と、ただごとではない代助の手紙に圧倒されつつ、代助の家の玄関に立ちます。三千代、三回目の訪問です。

　三千代は、門野くんに案内されてようやく座敷の前まで歩を進めますが、そこで足が止まってしまいます。書斎から出てきた代助も、座敷の前まで出迎えに来て、そこで三千代と向かい合わせになると立ちすくみ、全身が硬直。もとより門野くんは、お客は座敷に通すものだと考えているので、座敷の前で二人が向かい合ったところで引き下がります。代助が、門野くんが家にいることも邪魔に思っているのを分かっているかのように。

座敷前で三千代が固まってしまったし、門野くんの視線もあるので、今回は、代助は座敷で三千代と向かい合わせに座ることにします。でも座敷と書斎の仕切りの襖《ふすま》は開けておきます。両方の部屋は既に百合の香りに包まれています。縁側のガラス戸の外は雨が降っています。雨は、前回、三千代が来たときと同じように、会話が門野くんに聞こえる心配を消してくれます。

座敷で、代助は、門野くんに少しでも聞かれては困る話（親友と結婚した三千代に、親友と別れて自分と結婚してほしいという内容ですから）を三千代に切り出します。

二人は百合の花を眺めて、五年ほど前の境遇を懐かしむことから話し始めます。
そこで三千代が代助の元カノ度七十パーセントになった経過が明かされます。

三千代には兄がいて、兄は三千代に結婚相手候補を紹介する気があり、三千代を東京に呼びます。その候補者こそ友人の代助。代助も友人の妹に会うのを期待します。そのあとは三人で散歩したり、代助と三千代は兄のお墨付《すみつ》きの仲になりました。ただ、その後の変化が激しすぎます。兄の卒業の年の春（当時の卒業は夏）、母と兄を続けて病気で亡くし、傷心の三千代は父親と出身地に帰ってしまいます。父親は北海道へ行こうとするし、これからどうなるか不安な三千代は、銀行に就職したという平岡から求婚されます。代助も勧める結婚話、その上、代助は当分は就職しないというので、三千代はつい平岡のことを頼りに思ってしまい、拙速《せっそく》に結婚を決めてしまった――という過去のいきさつでした。

代助と平岡が「男同士の勝手な友情ゆえの譲り合い」をしたことは理解できました。しかし、三年前はハッキリ求婚しなかった代助が、今度は積極的になったものです。三千代の愛させる能力が、代助を遂に決心させたのでしょうか。この数か月で、三千代は代助に結婚を決心させるという逆転劇を繰り広げました。代助の愛の告白は、三千代にとって、予測済みだったことでしょう。百合の花を見てピンときたことでしょう。

三千代が帰るとき、代助は途中まで送っていきます。邪魔が入ったりしないか、話が門野くんに聞こえないかと、あれほど代助は恐れていたのに、二人で歩いているところを知り合いに見られてしまうかどうかは気にしません。途中の江戸川の橋の上で三千代と別れても、三千代のうしろ姿が見えなくなるまで見守る代助。慎重さと大胆さ、どちらも今の代助は中途半端です。そういうところに思わぬ暗い落とし穴があるようで、今後の展開に不安が募ります。

百合の花は役目を終えて代助に庭に棄《す》てられてしまいました。

門野です
ジャマに
されてます
ドロ沼の予感…
ガード固めて
入ります
わたし
泣くわ
勝負涙なの
オーマイガッ
ここで
固まる二人。
門野クンは
立ち去る
座敷と
書斎を
うろうろ
目を回す
百合20本
2万円は
かかってよ

三千代、三度目の訪問

❖門野くんの明治四十二年④「平岡さんの奥さんのままでいいのに」

どうも、門野です。脇役の僕が四回も出てきて申し訳ありません。スピンオフから好きになる物語もあるでしょうから大目に見てください。

ところで、どうやら三千代さんは、平岡さんと離婚して代助先生と再婚する決心をしたようですね。そうなれば代助先生と三千代さんはメデタシメデタシ……と、これからの人生、上手くいくでしょうか。

僕からみると、代助先生は時々お出掛けする相手としては楽しい人ですが、夫にしてみて四六時中一緒にいると疲れるタイプの男ですよ。その点、平岡さんは無神経なところはあるかもしれませんが、新聞社に就職して出世する気満々という分かりやすい性格（早い話が単純な人）で、結構なことじゃないですか。三千代さんは近い将来、新聞社の社長夫人になるかもしれませんよ。平岡さんの奥さんのままでいいのに、と、僕は思いますね。

代助先生はいつも心臓の動きと脳の具合を気にしている人です。ヒマだから、という理由もありますが、代助先生はとことん頭デッカチ男。胃腸のことを気遣うより心臓と脳の状態を気遣うほうが高尚《こうしょう》なことだと信じているのです。それに先生は食事にもウルサイ人ですよ。朝食のルーティンもトーストと紅茶と決めているし、外食にもこだわりがあります。平岡さんの家で平岡さんと代助先生は酒を呑んだことがありますが、平岡さんは、三千代さんの手料理を別に褒《ほ》めもしませんが、文句も言いませんでした。代助先生なら友人と呑むときの肴《さかな》に絶対に口を挟みます。

代助先生と結婚したら、毎日、部屋に飾る花から朝刊の置き場所まで、夫の固執《こしつ》に付き合う生活が始まるので、とても大変だと思うのです。無神経な平岡さんは悪く思われがちですが、妻の欠点に対しても無神経ゆえに気がつかないことも多く、気楽なものですよ。平岡さんより数倍厄介《やっかい》な夫になりそうな代助先生。この話の途中から、三千代さんの恋愛の成就が目出度《めでた》いことだと思えないどころか、三千代さんの今後の苦労のほうばかりが気になってしまいます。

三千代さん、考え直すなら今のうちですよ。

「平岡さんの奥さんのままでいいと思う」派は、僕だけじゃなく、割と多いと思いますから。

第六章　三千代の最後の訪問と平岡の最後の訪問

～三千代は書斎へ、平岡は最後まで座敷でした～

三千代は真夏の真昼に四度目の訪問をします。代助は玄関で声がしたと気づくとすぐに出迎えに行きます。門野くんに案内など、もうさせません。自分で三千代を奥の書斎に連れて入ってしまいます。

その素早すぎるスタンバイの割には、代助は情熱を失った様子です。せっかく三千代を書斎に入れて近い距離で椅子に座ったのに、ロマンチックな雰囲気のカケラも三千代に与えません。代助は苦しみに満ちた深刻な顔付きをして、今後の生活の苦労までほのめかします。恋が相思相愛になったとたん、代助にとって三千代の存在は、喜びから重荷に変わってしまいました。そんな代助と対照的に、三千代のほうが、死ぬことも漂泊《ひょうはく》することも怖くない、と肚《はら》をくくっています。二人は、ともかく平岡に謝ることしかないのだろうかと話し合います。

三千代が一人で来ることに慣れてしまった門野くんは、もう二人だけにしても気にしたり見に行ったりしません。それどころか三千代が来ているにもかかわらず、門野くんは昼寝をしてしまいます。読者のほうが、代助と三千代が書斎で早まったことをしないか気になることでしょう。最後まで読者をハラハラさせる三千代の訪問です。

ハラハラと言えば、三千代の発言が過激すぎる点が気になります。死ぬことも漂泊することも怖くない……なんて会話を、新聞小説で書いていいのでしょうか。

いいのです。その答えは二葉亭四迷《ふたばていしめい》にあります。二葉亭四迷と聞くと「浮雲」という小説の題名は思い出せても「言文一致小説を書いた人だよね」と覚えたらもう用が済んでしまう残念な宿命の作家です。でも二葉亭四迷は「浮雲」から二十年後、明治三十九年（一九〇六年）、朝日新聞に「其面影《そのおもかげ》」という小説を連載します。この話の主人公が半端なく波瀾万丈《はらんばんじょう》で過激なのです。（主人公は、普段は気難しい性格なのですが、恋をするとスイーツ男子になります。恋人が落ち込んでいるとワッフルを差し入れ。明治三十六年の神田淡路町という設定ですが、相当オシャレですね）

主人公は教師をしている中年インテリ男性。義理の妹と駆け落ちをして、彼女と引き離されると中国大陸に渡ります。そこで教師をするはずが、アルコール依存症&無職になり、ついにホームレスに……。友人の支援も断り、満州に行くと言い残して行方不明になってしまいます。失恋してヤケになった主人公。生死不明レベルまで、とことんヤケになる極端すぎる小説です。

新聞小説で、こんなにも無茶をする人の話を二葉亭四迷先輩が先に書いてくれました。先例があるのですから、死ぬ気で恋愛をする主人公とヒロインの小説を連載してもいいのです。先輩のおかげでタブーはなくなりました。新聞社葉書炎上も起こらないことでしょう。

「其面影」でも最後まで主人公を探してくれていたのは友人でした。持つべきものは友だと代助は考えてくれるでしょうか。長年の友人である平岡と、最後にどんな話をするのでしょうか。

三千代が最後の訪問をした数日後、代助は平岡の最後の訪問を受けます。この話の主人公は代助と三千代なのですが、平岡は今後どうなってしまうのか、却《かえ》って代助と三千代の今後よりも気掛かり……と思いつつこの小説を読み終える人は多いことでしょう。

平岡は暑いなか、またも背広をきちんと着て代助の家を訪問します。最後の訪問になります。平岡は座敷に通され、代助を待ちます。

平岡が最初に訪問したとき、代助が玄関まで走って出迎えたくらい喜びに感極まったのは、ほんの数か月前のことです。打って変わった冷たさの代助は、今回、平岡が既に座敷に着いているのに急ぐこともなく、自分は風呂場で汗を拭き、洗いたての浴衣に着替えます。自分から話があると呼んでおいて平気で友を待たせ、身支度を整えるなんて、話す前から全くの臨戦態勢です。ひとことも交わさないうちから不穏な、この最後の面会は、二人が絶交を宣言し合って別れる結果となってしまいました。

代助と平岡は、とうとう最後に絶交してしまったのです。お互い、中学時代から人生の半分以上の年月をかけて築いてきた親友関係なのに、再会からほんの数か月で壊してしまいました。

平岡は、平岡と三千代の結婚を代助が涙を流して喜んでくれた思い出を話します。そして「(代助という友人が泣いてくれたことが) 嬉しくって、その晩は少しも寝られなかった」と、心が通いあっていたころの本心を言葉にしますが、代助の胸に響くことはありません。こんなにも率直に自分をさらけ出した平岡のアツい状態は、再会してから初めてなのに……。本音をぶつけても既に手遅れなくらい壊れている友情だったのでしょうか。

平岡が代助の家を訪問するのはこれが最後になってしまいます。最後にならないと、平岡が本音を言えなかったというのは本当に残念です。

平岡は最後に本音を言えましたが、皮肉にも代助のほうは再会した最初のころと違い、本音を言うどころか素直になれません。平岡を最後まで書斎には入れられないのです。平岡のほうも最後まで堅苦しい背広姿。代助に、仕事をバリバリやっているという姿を見せたいという平岡の自尊心が、どうしても平岡に背広を着せてしまいます。

平岡は確かに学生時代とは変わってしまいました。しかし平岡だけが変わったのではありません。代助もまた、平岡を普段着で出迎える気楽さを失い、平岡を無言で拒絶してしまう態度を取った結果、長年の友人なのに書斎に通すことができませんでしたから。

二人の心のすれ違いはどこかで軌道修正できなかったのでしょうか。平岡が、風呂屋に行ったついでにでも「ちょっと寄ったよ」と浴衣姿で代助の書斎に入り、二人でうたた寝でもできていたら……。平岡には、そんな簡単なことができませんんでした。

社会人になって初めて、親友の家がお金持ちだという事実に気づいて打ちのめされる平岡。学生のときには全く差し支えなかった実家の格差。平岡はその格差を冷静に受け止めていたはずなのに、悲しく思う気持ちはやがて、財力のある父と兄を当たり前のように持っている代助への嫉妬《しっと》になってしまいました。帰京したころは「冗談言ってら」と代助に軽口をたたけるほど、再起の自信を持っていた平岡。しかし気に入った仕事が見つからず自分は甘かったのかと焦りだす、そんなときに限って三千代の体調が悪くなり、焦燥感《しょうそうかん》を募らせる平岡。お互いの人格とは別の、でも避けられない周囲の事情で、平岡は、代助と絶交し、三千代も失いかけていきます。せめて立派な背広くらい着ずにはいられない平岡を、虚勢《きょせい》を張っていると誰が笑えるでしょうか。

座敷と書斎が並んでいる間取り。二間《ふたま》は縁側でつながっているし、仕切りは襖一枚です。襖を開けるだけで、座敷と書斎はワンルームになるのです。それなのに、

大詰めなのよ
大丈夫かしら
ごめんなさい
固まっています
三千代さん、
美しいですー

三千代、最後の
訪問は書斎

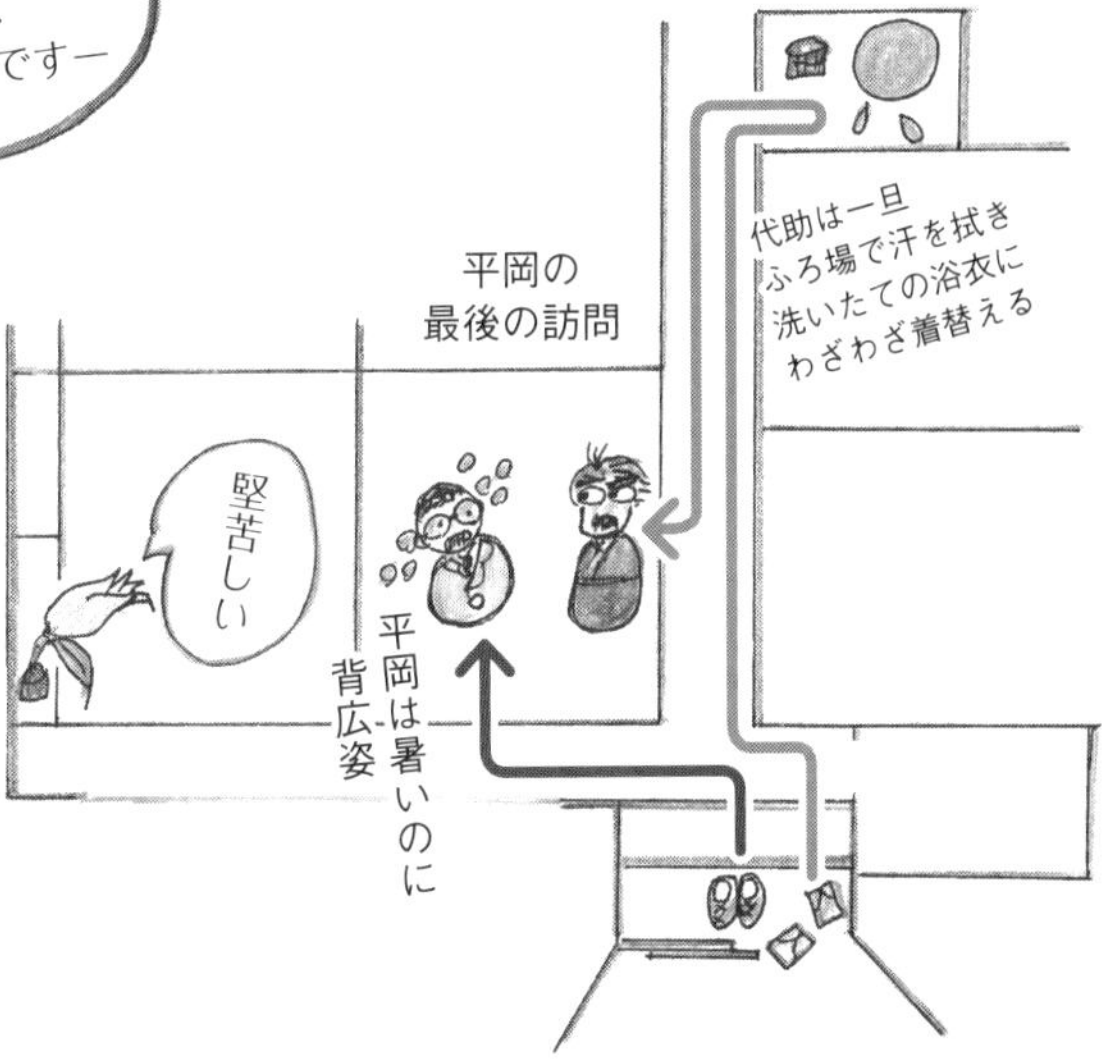
平岡の
最後の訪問
代助は一旦
ふろ場で汗を拭き
洗いたての浴衣に
わざわざ着替える
堅苦しい
平岡は暑いのに
背広姿

平岡の最後の訪問は座敷

平岡にとって書斎は未知の領域で終わりました。

格差を乗り越えてからでなくては隣の部屋にさえ入れないほどの平岡の不器用な強がり。それが悲しく思える間取りでした。


最後に、「それから」の「その後」を思い描いてみましょう。代助と三千代はどこでどのような生活をはじめるのでしょうか。

代助は何不自由ない若主人としての生活を失ってしまいます。庭に咲くとりどりの花を、代助が座敷からも書斎からも、次の春に眺めることはありません。この快適な家に住み続けることができないばかりか、代助は東京にいることもできないでしょう。親から勘当《かんどう》された人間だと、社会から軽蔑《けいべつ》の目で見られることに代助のプライドが耐えられるとは思えません。東京を離れ、代助のことを知らない土地に向かう可能性が高くなります。

では切羽《せっぱ》詰まった二人はどこへ行くのでしょう。

二人には北海道に行く選択肢があります。「それから」の文中に、北海道で新しい生活を始めると決めたふぁーというメタファー（暗喩）が二か所もあるからです。

ひとつ目は、北海道には、スズランを送ってくれた友人がいるということです。友人が北海道に定住しているかどうかは不明ですが、少なくとも北海道の地理や情勢に詳しいことは確かです。

そしてふたつ目ですが、北海道には三千代の父親がいるのです。代助と三千代にとって唯一の身内となった、この父親と三人で、ささやかな新生活をスタートさせましょう。三千代も三千代の父親も喜びますよ。

また、代助には、まだ味方も残っています。代助の姉です。外交官と結婚してフランスに滞在しています。ほどなく代助が勘当されたことを知るでしょう。この姉夫婦が代助に同情して、北海道でのほどほどに待遇のいい役所勤務の口を世話してくれると思われます。外国にいる分、代助の引き起こした騒動を生々しく受け止めないでしょうから。

メタファーが現実となる北海道での新生活。スズランの花の咲く時期が楽しみです。五軒町の家で、代助がスズランを水鉢にたくさん活けて、その香りに包まれて昼寝をしていると、三千代が百合を持って訪ねてきました。スズランは代助と三千代の思い出の花になりました。あのときは切り花だったスズラン。新生活で代助は、北海道の土に根ざして咲いているスズランの花を見ることでしょう。仕事帰りに少々摘んで、三千代への手土産にしましょう。ささやかな手土産ですが、摘みたてのスズランが放つ力強い芳香が、代助と三千代から不安を吹き飛ばしてくれるでしょう。

そんなときに、新聞記事で平岡の活躍と出世を知ったら、きっと代助は本心から喜んであげられることでしょう。あの五軒町の家。座敷から庭の桜を見て、東京の桜は咲き始めたころなんだなあと言っていた平岡。一度だけ親友と眺めた春の庭。一年数か月だけ住んだ家。とりどりの花が咲く庭に面した座敷と書斎のある間取り。思えば、すべてのことが、あの家では、たった一度限りで終わってしまいました。

一度限りだったからこそ、決して忘れられない家であり、座敷と書斎が並ぶ間取りです。

東京を離れた代助は、十五年くらい経ったら、五軒町の家と、その家の間取りで経験した全ての出来事を、美しい記憶に加えることができることでしょう。

参考資料：『明治四十年版東京全景之圖』復刻版（古地図史料出版）

あとがき　――「愛される力」を超える「愛させる才能」を持つ三千代

三千代というヒロインについて、どういう感想が胸に湧きましたか。

何と言っても、勝負手土産を持って代助の家に行ったのですから、かなり積極的な女性だ……と思ったのではないでしょうか。「積極的」くらいに受け止めてもらえればマシなほうで、ややもすれば「恋愛の策略家」の疑いまで抱かれてしまいそうです。

三千代は、ヒロインだけれど読者からの好感度は低いかもしれません。もしかしたら「女性に嫌われるヒロイン」に選ばれてしまうくらいに。

どうしてでしょうか。

好感度の低いヒロインと言えば、漱石先生と同じ年に生まれた尾崎紅葉《こうよう》先生の「金色夜叉《こんじきやしゃ》」のお宮さんを思い浮かべる人も多いと思います。お宮さんと三千代はタイプは異なるものの、読者から嫌われそうな女性と言えるでしょう。お宮さんは、ある男性から他の男性へ気持ちを移したところまでは三千代と似ています。でも、お宮さんは、その後何年間も悩み苦しむものの、何の行動も取りません。ただ泣き虫で気が弱く受動的な女性です。お宮さんは最終的には読者の同情をさそいそうです。ファンは男女問わず多そうです。

しかし三千代は決して同情されません。代助に、自分を選び自分との恋の成就の決心を固めさせる力の勢いが強烈。恋愛達成力が強いのですから。

三千代は、勝負手土産をはじめ、髪形も喋り方も「三千代の流儀《りゅうぎ》」と呼べるような独特のこだわりを、代助に対して初めから持っています。でも、三千代自身は代助に技巧を駆使している自覚はありません。知らずしらずのうちに、三千代は、愛させる力を発揮しているのです。

代助は学歴も教養もあり、生活費も健康も自由時間も何でもあります。つまり頭のテッペンから足の先まで「満足」という壁に守られています。さらに代助は周囲の人々から愛されています。愛に飢えているわけでもないので、代助を守る壁の強度はかなりのものです。その強固な壁を簡単に壊し、代助から愛を引き出したのは三千代だけです。驚くべきことです。自己愛の強い代助が、自分から進んで他の人に愛情を示すことは全くあり得ないことだからです。

三千代は、自己愛の強い代助に対して、特別な才能を発揮しました。それが、愛させる才能、というものです。再会してから数か月で。数回の対面で。三千代は、代助に、自分だけをスペシャルに愛させる無敵の才能を持った、ただひとりの女性でした。

ただし、特別な力というか才能のある女性は、強引だと誤解され、非難される虞れがあります。ヒロインは、ただ可愛い、ちょっと頼りないくらいでいい、と思う人も多いでしょうから。

漱石先生の小説のヒロインのかたがたを並べてみても、恋の成就へ導く方法については、見事にそれぞれオリジナルの手法があります。「こころ」の御嬢さんの恋ルート。三千代の手土産作戦。二つの作品の二人のヒロインだけを見てもかなり言動が違っています。誰の行動を支持するか、誰のやり方に効き目があったと膝をぽんと打つか。現代でも恋の悩みに変わりはないので、ぜひ参考にしてみてください。

そして、三千代の結婚は、そもそも男性側の勝手な「友情を大切にするゆえに起こった譲り合い」の結果として平岡の妻になると決まったのだということを、改めて思い出してください。三千代の初恋の相手は誰だったのでしょうか。三千代が初めての恋心を代助に対して抱き、ずっと胸の奥に秘めていたとしたら……。もし代助が愛情を告白しなければ、三千代は自分の気持ちを抑え続け、無理しても代助には微笑むだけのスタンスを保っていた、と信じたい気持ちが募ります。

三千代のそんな純粋な部分を感じた上で、もう一度、三千代の代わりに代助の家の廊下を歩いてみてください。座敷と書斎、どちらの部屋に入ってみたくなったでしょうか。どちらの部屋に入ったとしても、即座に、たくさんの思い出が浮かぶのではないでしょうか。

思い出が満ちあふれる部屋は、必ず大切な誰かとの、かけがえのない記憶を呼び起こしてくれることでしょう。

染井 元子

著者プロフィール

染井 元子（そめい もとこ）

青山学院大学文学部卒業。東京放送（TBS）勤務、青山学院大学国際政治経済学部教授永井陽之助研究室勤務を経て、一男一女の子育て期間を過ごす。

その後、大学の卒業論文で最後まで迷いながら選ばなかったほうのテーマ「夏目漱石の小説を新しい切り口で読むための入門書」の考察を再開し、イラストを加えるという形を模索して本作を上梓。

〈著書〉

『漱石を“間取り”で読む 「こころ」恋ルートのある居住空間』（2018年、文芸社）

漱石を“間取り”で読む 2

「それから」元カノの勝負手土産が香る家

2020年 9 月15日　初版第 1 刷発行

著　者　染井 元子
発行者　瓜谷 綱延
発行所　株式会社文芸社
〒160-0022　東京都新宿区新宿1－10－1
電話　03-5369-3060（代表）
03-5369-2299（販売）

印刷所　株式会社フクイン

ISBN978-4-286-21913-4